Lívia Zanelli
MANUAL PARA FAZER CIDADES LEGAIS
Ilustrado por Isa Sonntag

Labrador

© Lívia Zanelli, 2024
Todos os direitos desta edição reservados à Editora Labrador.

Coordenação editorial Pamela J. Oliveira
Assistência editorial Leticia Oliveira, Vanessa Nagayoshi
Diagramação e capa Amanda Chagas
Preparação de texto Mariana góis
Revisão Monique Pedra
Projeto gráfico e ilustrações Isa Sonntag

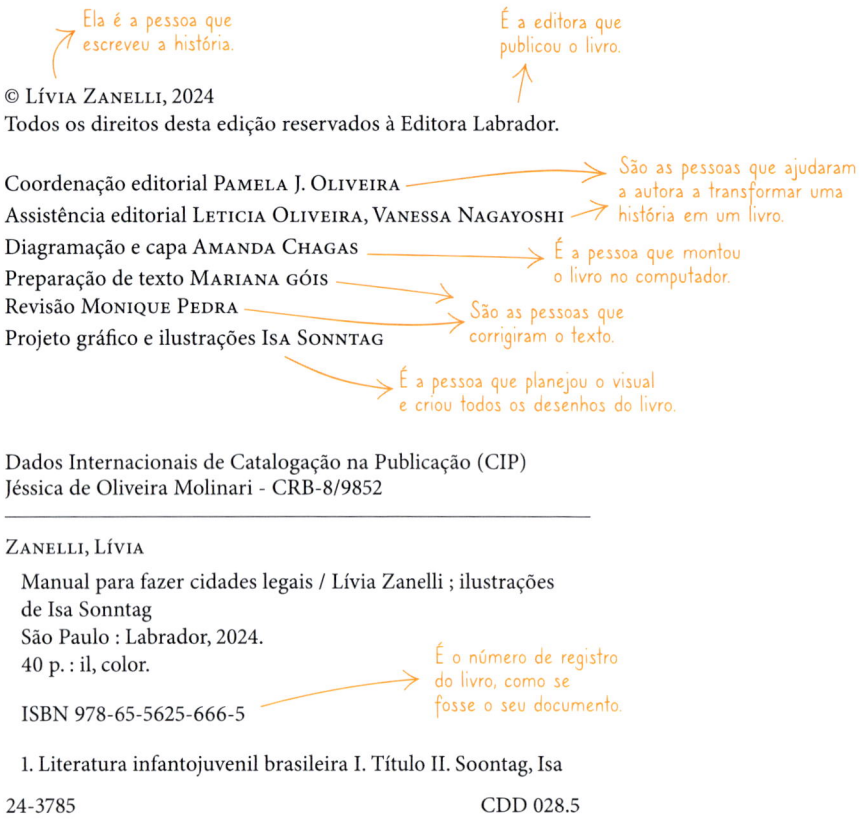

Dados Internacionais de Catalogação na Publicação (CIP)
Jéssica de Oliveira Molinari - CRB-8/9852
_____

Zanelli, Lívia

    Manual para fazer cidades legais / Lívia Zanelli ; ilustrações de Isa Sonntag
    São Paulo : Labrador, 2024.
    40 p. : il, color.

    ISBN 978-65-5625-666-5

    1. Literatura infantojuvenil brasileira I. Título II. Soontag, Isa

24-3785   CDD 028.5
_____

Índice para catálogo sistemático:
1. Literatura infantojuvenil brasileira

Labrador

Diretor-geral Daniel Pinsky
Rua Dr. José Elias, 520, sala 1
Alto da Lapa | 05083-030 | São Paulo | SP
contato@editoralabrador.com.br | (11) 3641-7446
editoralabrador.com.br

A reprodução de qualquer parte desta obra é ilegal e configura uma apropriação indevida dos direitos intelectuais e patrimoniais da autora. A editora não é responsável pelo conteúdo deste livro. A autora conhece os fatos narrados, pelos quais é responsável, assim como se responsabiliza pelos juízos emitidos.

Para Stella e todas as crianças,
de todas as idades,
obrigada pela inspiração.

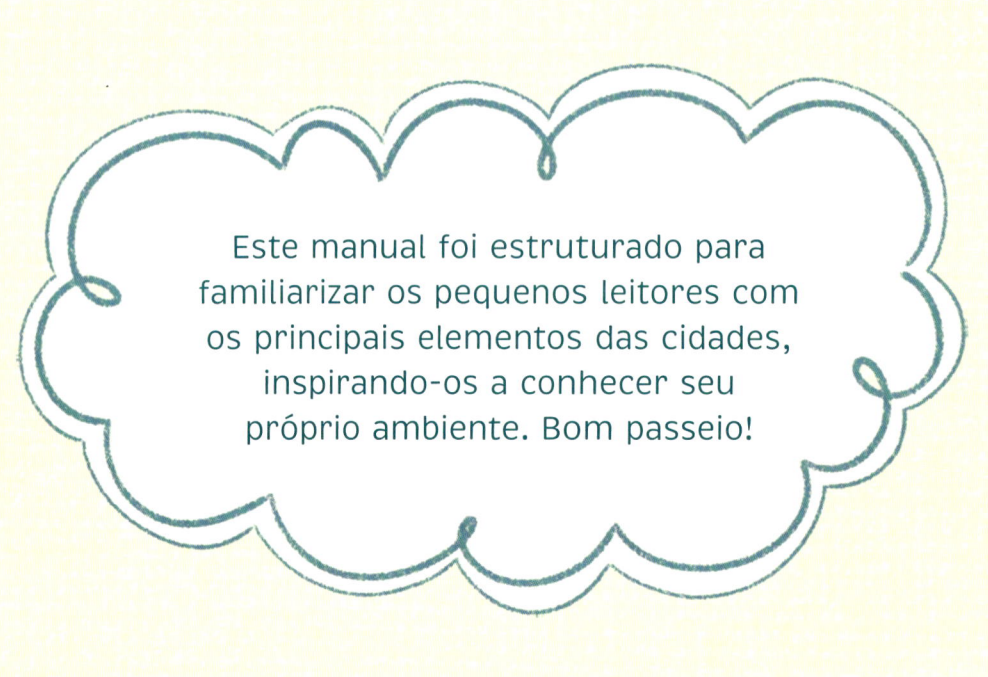

Este manual foi estruturado para familiarizar os pequenos leitores com os principais elementos das cidades, inspirando-os a conhecer seu próprio ambiente. Bom passeio!

Aqui você encontrará:
1 • Para começar 8
2 • A cidade 12
3 • Ruas e calçadas 14
4 • Espaços coletivos . 22
5 • Áreas verdes 26
6 • Bairros 32
7 • Vamos brincar de cidade? 34

Para começar

Às famílias e escolas,

Como nós podemos melhorar nossos bairros e criar espaços mais interessantes para pequenos cidadãos com ruas seguras, limpas e oportunidades para brincar e interagir com a natureza?

Uma das possibilidades é oferecer conhecimento e a chance de participação às crianças – o que pode resultar em um ambiente muito mais rico para todos nós!

Retomando um antigo provérbio africano, o professor Isami Kinoshita, da Universidade de Chiba, em Tóquio, observa:

"É verdade que é preciso uma aldeia para criar uma criança, mas também é verdade que é preciso uma criança para criar uma aldeia".[*]

Essa importante troca significa apoiar nossos pequenos leitores para que essas crianças felizes, saudáveis e atentas se tornem cidadãos colaborativos, criativos e responsáveis em um breve futuro.

※ Em KRYSIAK, Natalia. Designing child-friendly high density neighbourhoods. Sidney: Cities for play, 2020.

Para começar

E você, pequeno cidadão? Conhece sua cidade? Os parques, praças, museus e até os buracos nas calçadas perto da sua casa? Sabe o que sua cidade tem de bom e o que precisa ser melhorado?

Como podemos aprimorar este lugar onde tanta gente vive?

Sabia que, conhecendo sua cidade, você pode colaborar com o seu desenvolvimento?

A cidade

Existem muitos tipos de cidades. Elas podem ser pequenas, médias ou grandes, mas o tamanho não importa. São lugares muito vivos, onde várias pessoas moram!

Tem gente que vem de longe para trabalhar, estudar, encontrar amigos. Algumas pessoas chegam de ônibus, trem, carro, avião, mas também podem se deslocar pelas cidades a pé, de bicicleta e até de patins ou *skate*.

Ruas e calçadas

As ruas e calçadas formam o sistema viário e ajudam as pessoas a se deslocarem pela cidade.

Mas uma rua não pode ser difícil de atravessar, combinado? Faixas de pedestres, sinalização e calçadas são muito importantes para que todos transitem em segurança.

Ruas e calçadas

As calçadas devem ser boas para todo mundo e largas o suficiente para acomodar árvores, bancos, postes, lixeiras, pontos de ônibus e outros elementos do **mobiliário urbano**.

Mobiliário urbano?

Sim! Mobiliários urbanos são as bancas de jornal, bancos no parque, bebedouros, luminárias, lixeiras, placas informativas, bicicletário, quiosques e brinquedos nos parquinhos, por exemplo.

Ruas e calçadas

Ah! E falando em sistema viário, não podemos esquecer das ciclofaixas e ciclovias, caminhos seguros para andar só de bicicleta!

ESPAÇOS COLETIVOS

Os espaços coletivos são utilizados por toda a população de uma cidade, como estações de trem, terminais de ônibus, bibliotecas, museus, ginásio de esportes, estádio, campos de futebol, pistas de *skate*, jardim botânico, parques, praças, mercado municipal, cinema, prefeitura, escolas, universidades, hospitais e tantos outros.

Nossa! De quantas coisas uma cidade precisa para funcionar, não é mesmo?

ESPAÇOS COLETIVOS

Os espaços coletivos são muito importantes e devem estar presentes em todos os bairros, assim não fica distante da casa de ninguém. Esses locais também precisam contar com mobiliário urbano para que as pessoas possam descansar e brincar em segurança.

Em quais espaços coletivos você já foi na sua cidade?

ÁREAS VERDES

Está muito calor para andar pela cidade? Pois saiba que a vegetação urbana é importante para fazer aquela sombra gostosa onde a gente pode descansar ou brincar, além de diminuir as temperaturas, ou seja, o ambiente fica bem mais fresquinho!

ÁREAS VERDES

A vegetação urbana também contribui para a economia de energia, melhora a qualidade do ar, ajuda a controlar as águas das chuvas para não causar enchentes e serve de morada para alguns animais.
E tem mais! Além de embelezar as cidades, brincar nas áreas verdes de parques e praças é muito importante para o desenvolvimento das crianças, e ainda é muito divertido.

Mas fique de olho! Mato alto em terrenos vazios não é permitido, porque pode acumular lixo e gerar doenças. Se vir algum terreno assim, comunique a prefeitura de sua cidade!

BAIRROS

Às vezes, prédios antigos importantes para a história da cidade são protegidos para que não sejam demolidos. Este belo hotel é um exemplo.

Agora, você já pensou em juntar ruas e calçadas bem cuidadas, espaços coletivos de qualidade, muitas áreas verdes com casas, prédios, comércio e outros locais de trabalho? Acho que teríamos um bairro bem legal, ou melhor, uma cidade muito legal!

Os bairros que misturam tudo isso são ótimos, porque as pessoas usam menos o carro, já que tudo está pertinho de casa: o trabalho, a escola, a praça, a padaria, o posto de saúde, a biblioteca.

Vamos brincar de cidade?

No QR Code ou no link a seguir, é possível fazer o *download* do arquivo do seu **passaporte para uma cidade legal**. Convide um adulto para te ajudar a imprimi-lo e para passear com você a pé pelo seu bairro e vá completando seu passaporte!

http://bit.ly/cidadeslegais

Antes de você sair por aí, vamos recordar?

○ Ruas e calçadas bem cuidadas para todo mundo se deslocar;

○ Parques, praças, bibliotecas, museus, escolas e hospitais para a cidade funcionar;

○ Áreas verdes para a gente cuidar e brincar;

○ Bairros com tudo pertinho para podermos caminhar!

E não se esqueça:
Pedir uma boa cidade é também cuidar dela.

Lívia Zanelli

De tanto brincar de cidade, Lívia virou arquiteta, urbanista, pesquisadora e professora universitária com mestrado e doutorado pela Universidade de São Paulo. Já morou em cidades pequenas, médias e grandes, na cidade das bicicletas e em cidades com muitos carros.

Mas, quando se tornou mãe, passou a ver a cidade por outro ponto de vista e percebeu que era preciso ensinar também os pequenos a entender, gostar e cuidar do lugar onde vivemos. Já publicou artigos, ensaios e capítulos de livros no Brasil e exterior. *Manual para fazer cidades legais* é seu trabalho de estreia voltado para o público infantil.

ISA SONNTAG

É artista desde muito pequena, sua brincadeira favorita sempre foi desenhar e pintar. Quando chegou a hora de escolher o curso que faria na faculdade, optou por Arquitetura. Foi uma trajetória de várias descobertas, e durante a graduação voltou seus olhos novamente para o desenho. A arquitetura ficou no coração, e o caminho profissional escolhido foi a ilustração infantil.

Em *Manual para fazer cidades legais* ela pôde unir esses dois mundos, desenhando de forma lúdica os diversos elementos que formam uma cidade.

FONTE Brevia
PAPEL Couché 150 g/m²
IMPRESSÃO Maistype